KB110570

꽃잎에 쓰여진 시인의 노래

소통과 힐링의 시

꽃잎에
쓰여진
시인의 노래

홍선표 시집

출판이안

소통과 힐링의 시

꽃잎에 쓰여진 시인의 노래
—————————————————————

초판 인쇄 | 2015년 12월 23일
초판 발행 | 2015년 12월 25일

지은이 | 홍선표
펴낸곳 | 출판이안

펴낸이 | 이인환
등 록 | 2010년 제2010-4호
편 집 | 이도경, 김민주
주 소 | 경기도 이천시 호법면 단천리 414-6
전 화 | 031)636-7464, 010-2538-8468
팩 스 | 070-8283-7467
인 쇄 | 이노비즈
이메일 | yakyeo@hanmail.net
홈카페 | http://cafe.daum.net/leeAn

ISBN : 979-11-85772-18-9(03810)

「이 도서의 국립중앙도서관 출판예정도서목록(CIP)은 서지정
보유통지원시스템 홈페이지(http://seoji.nl.go.kr)와 국가자료
공동목록시스템(http://www.nl.go.kr/kolisnet)에서 이용하실
수 있습니다. (CIP제어번호: CIP2015032188)」

값 11,500원

서시

하고 싶은 것을
할 수 있다는 것은 행복이다

오랜 세월 묵혀 둔
꽃잎에 쓰여진 시인의 노래
들추어 부르고 부르니

하고 싶은 것을
한다는 것은 정말 큰 행복이다

그의 앞날이 평탄하기를,
그의 시가 더 넓은 세상에 가서 닿기를,
그러기를 빈다.
그의 부모와 형제들에게
또 다른 희망이 되길 빈다.
그가 살던 고향 큰방 아랫목을 데우는
따듯한 위안의 장작불이 되기를 바란다.

- 김용택(섬진강 시인)

차례

"이 애미 사는 동안 아프지 말고 살어."
　　하얀 봉다리 푸성귀 무공해 사랑
　삼 년 묵은 된장 겹겹 봉다리 곰삭은 사랑

1부

봄이 오면
꽃들은
다시 피는데

벌초(伐草)

초가을 볕
갈참나무 바람에 흔들린다

세월 가는 길
달려와 머무는 곳
하나 둘 늘어나는 봉분(封墳)

'무엇을 남기고 갈까?'
고개 숙인 벼이삭 말이 없다

한 줄기 빛 바라

어둠 밝히는
촛불
어디 있을까

어디선가 흘러오는
한줄기 빛 바라
살아갈

바람에 날리는
실로 덧없는
세월과의 싸움
시작도 못했는데

사랑하고픈
마음
서산을 넘는
노을조차 아름답다

어머니

어머니
미소의 향기
골짜기 흘러 내리고

숨 가쁜 황혼
여울진 그리움에
갈 길 재촉하면

어머니

추억의 향기
가슴에 가득
가득 담겠어요

더 늦기 전에

전화를
하고 싶어요

여보세요
… 여보세요

당신 목소리
눈빛으로 달려옵니다

찬바람
겨울 길목

계신 곳은
어떠신지요

사랑합니다
정-말

아버지
아버지

어머니 머리 위로 봄비 내리면

고랑고랑
심어놓은
어머니

부스슬
조심스레
봄비 내리면

팔십
훌쩍 넘은
사랑 머금고

이랑이랑
뾰족 내미는
어머니

꽃들은 다시 피는데

귀엽다 생선가시
발라주시던, 할머니
철들어 돌아보니
달빛 내려온 속삭임이네

아들 귀엽다
방긋 웃으시던, 아버지
철들어 불러보니
활짝 핀 하얀 카네이션인데

바람 불면 꽃잎 질까
구름 지나면 비가 올까
백발 한 다발
춤추는 세월

창문 두드리는 달빛에
꽃잎이 날린다
무슨 꿈을 꾸고 있을까, 아가야

어머니 봉다리

칠월의 햇살
바람조차 축 늘어져
그늘을 찾는 오후

외출을 마치고 돌아가는
끝자락 길을 걷는
어머니

하얀 봉다리
까만 봉다리
주섬주섬 봉다리봉다리

"이 애미 사는 동안 아프지 말고 살어."
하얀 봉다리 푸성귀 무공해 사랑
삼년 묵은 된장 겹겹 봉다리 곰삭은 사랑

여름 한가운델 지나는
무한대 사랑
더위도 비켜간다

옥수수 斷想

홀쩍 큰 키
수염 기른 건방진
옥수수

껍질 탱탱
영근 속살

한 겹 두 겹
벗겨지면

어머니 손길 담긴
사랑의 바둑알

하모니카 가락 따라
추억을 먹는다

카네이션 두 손 모아

머-ㄴ 길
늦음에 돌아와
얼룩진 삼베적삼 뒤적여 봅니다

회한의 눈물 콧물
그리움 봉오리 맺어
화알짝 피어올 꽃송이

아쉬움 서러움
등골새 흐르는 땀방울
보따리에 가리우고
그냥 애써 웃음 짓던
그 모습
당신 향해 경배합니다

먼 길
그리움 꽃 피오면
달려가렵니다
당신 보고 싶어

가는 길
아련히 밀리는 미소
너울져 큰 강물 이룰 적
카네이션 한 송이
두 손 모아 모아 바치렵니다

유월에 그린 수채화
- 이민 십년 만에 만난 가족

장미꽃 필 무렵
태평양 건너
낯선 땅 그댈 반겨주던가

그 예쁘다던 장미
열 번째 피고 지고 다시 피어
그 모습 그대로인데

다시 그리려 찾아온
맨해튼 빌딩숲 그늘에서
하얗게 지워버린 고향 풍경

파란 색으로
떨리고 두렵던 하늘 그려
당당한 뿌듯함은 태평양 너울 되고

하얀 색은
보일 듯 말 듯 새털 구름
그리움 되어 잔잔히 흐르네

초록색으로
대관령 하늘공원
푸르게 푸르게 호연지기 색칠하고

노란 색은
백두대간 황톳길 굽이굽이
'내 생전 다시 볼까' 어머니 긴 한숨

이제 남은 건
마음 속 깊은 곳에
망울망울 적시는 아쉬움만…….

아이와 키를 재며

등 뒤에 등 대며
"아빤 몇이야?"

훌쩍 자란 키 뽐내는
초롱한 눈망울 정겨운데

어디 내 탓이랴
쭈까쭈까 하지 못한
어릴 적….

늦가을 저녁
먼산 노을은 친구하재고
앞마당 높은 수숫대
노을에 목내밀어 웃음 진다

닮았잖아요

손가락 닮아
좋아했다
발가락 닮아
더-좋아했다

인연은 아직
묶이지도 않았는데

누구
허물 없는 삶
완전한 인생 있을까만

시골 정류장
덩그라니 앉아있는
파아란 외로움

사랑아,
전해주렴
주소 없는 님에게

언젠가 오리
그리움 가득 차면

인생을 안주 삼아
세월을 들이키며

주거니 받거니 토하는 정담

그 속에 비치는….

두 살 앵두

두 살 앵두나무
하얀 꽃 피더니 어느 새
붉은 열매 자잘자잘

아장아장
두 살 손녀딸 어느 새
웃음 짓는 새콤달콤

아쉬운 듯 쳐다보는
몇 알 앵두
떼쓰는 보채임에
끝나버린 입맞춤

두 살 동갑의 사랑 지켜보다
유월 붉은 태양
노을 속에 숨는다

세 살 판박이

"공기밥 하나 주세요!"

식당 들어서면
제일 먼저
제 몫 챙기는
세 살배기 손녀

똘망똘망
눈망을
초로롱

어렸을 적
빼닮은
그 엄마의
미소가 정겨워

세 여인

1.
초저녁별을 헤다
별 보고 웃던 여인
잠들어 고요함으로 흐르는 냇물
바람은 구름을 움직여 성을 만들고
안개 속에 비친 신비한 표정
오가는 사이 어느 새
추억의 별이 되어
깊은 밤 어둠속 고향으로
그 사랑 지키지 못해
그만 보냈습니다.

2.
흔적 지우려 화장을 하는 여인
거울 속 별을 그리려 애써보지만
불혹 넘어 지천명
시간은 깊은 밤을 휩쓸고
강 건너는 나룻배는
그리움으로 일렁일 때
빠르게 다가온 산 그림자
촉촉한 여운만을 남긴 채
멀리서 손짓하는 손사래가
가슴 눈물 되어
또다시 보냅니다.

3.
 공연이 끝날 무렵
그리움의 불씨에
입김을 불어봅니다
안개 걷힌 오후
길 찾아 헤매던 쓸쓸함조차
오히려 포근한 숲속
갈길 멀다 재촉하는데
소복소복 쌓이는 아쉬움
들어보기만 해도 알 것 같은
아름다운 노랫가락
봄이 오는 소리
마지막 여인에게
가슴으로 노래해 주리라.

 4.
돌아보니 어느덧 이순을 바라보는 나이 참 빠르게 지났
구나 하고 옆을 보니 삼십오 년을 같이 살아온 여인이 있
어 새삼스럽게 고마움을 느낀다 젊은 시절 어쩐 줄 모르
게 지나버린 시간의 여인 자식들 키우며 고생도 잊은 채
주름만 늘어난 여인 이제는 늦었지만 여인의 귀밑머리
만져주며 살고 싶다

예쁜 꽃 색칠하고
　푸르름 출렁이는
회망을 노래하리라

2 부

꽃잎에
쓰여진
시인의 노래

시는

쓴다는 것
섬광처럼 번뜩이는 찰나
옮기려는 머릿속은
칠흑 같은
어둠

마음속
허기를 채우려는
한 줄 두 줄
아직 완성된
한 편이 없어

아침은 또 오건만
산다는 건
늘 그러하듯 어려운 일
미완성이다
시(詩)는

기도

하나 둘
사라지는 밤

'어떻게 사느냐'를 생각하며……

어둠속 작은 가슴에
불빛 머물게 하소서
길잡이 북극성
덤불에서 피어난 꽃처럼

'어떻게 살았느냐'를 돌아보는……

홍가락 노래하던 산새들
서러움 되지 않게
작은 냇물 이야기 조조근
너울 되어 흐르게 하소서

떠오르는 붉은빛
미리내 출렁이는
아름다운 산 노을
수놓게 하소서

훗날, 머-ㄴ 훗날
그 노을 속에서
'어떻게 살았느냐'를
노래할 수 있게 하소서

꽃비

꽃비가 내린다

속절없이 스러지는
안쓰러운 비명들

진한 녹잎에
향기를 감추고

날리다 구르고, 이내
외진 모퉁이
추억을 이야기한다

구름아
물안개 피는 강마을
내 고향 지나거든

꽃잎에 쓰여진
시인의 노랠
이야기처럼 전해다오

시인의 노래

치짓 칫칫칫칫
풀매미

여름의 소리 뜨거워
몽상에 젖은 한나절

번민하며 망설이는
어느 시인이 있다

바람결에 들려오는
영혼의 노래가락

하얀 옷자락 드리운 채
힘껏 마주친 두 손

오! 천사여

펜촉을 만작이며
어설픈 웃음만 짓고 있다

글 쓰는 날

좋아하는
사랑하는
가슴마저 아름다운
사람끼리 끼리
숙제에 여념이 없는데
얼굴이 붉어진다
가슴도 붉어진다

운명

세상
정해진 운명

발길 서성이며
맴-도는 이정표

고난의 가시밭
하늘 지붕 삼던 길

비잉 돌아 가리

시 몇 수 읊어
새 길
먼-길로….

인연

정겨운
얼굴 얼굴들

마음 따스이
달구어주면

함께 한 호흡
행복 베이고

소중한
인연 따라

사랑과 인생
가슴에 녹아드네

쉿! 봄이 온데

삼동 얼음장 밑
긴 겨울 낮간지러움일까
쩌엉 쩡 파열음
산 너머 따라오던 햇살에
잔설 서러이 서러이 스러진다

숨죽인 시간에도
꽃봉오리 터질듯 말듯
아직은 빠른 것 같기도 한데
아지랑이 너울춤을 춘다

추위에 화들짝
성질 급한 개구리
아직은 아닌가 보다
놀란 가슴 쓸어 한 마디

"쉿! 봄이 온데."

새봄 노래

시인들의 창고문
활짝 열리면
꽃망울 터트린
목련의 미소
냇가 버들 잠깨고
아지랑이 따라
지저귀는 산새들

삼동(三冬) 떠나는 이별
소식 다가오는
길을 걷노라면
이 봄
하얀 종이에
예쁜 꽃 색칠하고
푸르름 출렁이는
희망을 노래하리라

신록에 빠진 추억

아지랑이
산등성 넘는 날

풀벌레 소리 높여
꽃이야기 풀어 놓고

산그늘 내려와
이슬 맺히면

신록에 빠진
추억 한 다발

가을 캔버스

겨울을 기다리는
캔버스에
풍경이 담겨 있다

가지마다
이야기들의 조근거림
아련한 슬픔도 담겨 있다

그리움 방목해놓고
알록달록
내리는 속삭임

머언 먼
희망을
합창한다

빈집

아버지가 심어
불혹 넘은
감나무

까치밥 하나
가을을
등에 업고

추억 한 움큼
반겨주는
고향

춘희네집
그대로인데
지금은
무엇을 할까

노을속 맴 도는
잠자리 눈망울에
그려놓은
풍경

다향(茶香)

마음 열어 나누는
대화에

천년학 내려와
안개로 피어오르고

창문 새로
햇살 따라오면

다향(茶香) 가득
뜨락엔

어제 오늘 그리고
내일로 따라오는

깊은 추억들
풍경에 담긴다

슬픔의 비는 내리고
- 고 *이홍순 마리아 가시던 날

유월이 묻힌다
마지막 주고 간 선물
백년가뭄 그 속에 단비는
슬프도록 산바람 강바람 적신다

꽃피던 봄날의 화려함도
*흰돌 검은돌 만지작이던 행복함도
오만과 편견의 사치였다면
이제, 막 내려놓고….

361개 만장기 펄럭이며
지천명 뜻을 따라 떠나는
여울진 강물에 흐르는 꽃잎
어스름 산그늘에 청춘은 묻혀
봄날은 추억 속에 잠든다

성모마리아
하늘 향해 올리는 간구(干求)의 기도
햇님도 눈물 흘려
달님도 눈물 흘려

슬픔의 비는 내리고

* 고인은 한국기원 프로바둑기사 홍성지(洪性志) 8단의 모친

어머니의 겨울채비

갈수록 뒤뚱거리는 걸음걸이 한 해 한 해 강단진 위엄도
사라지고 어린애 같은 순진함으로 환하게 다가오는 어
머니
이사를 해 드렸다 계단을 오르내리시기 힘들어 하시기에
삼층에서 이층으로 방을 꾸몄다 오래 된 집이라 바람구멍
창문을 보고만 있을 수 없어 며칠 후 아내와 함께 준비해간
비닐로 겨울맞이를 해드렸다
집에 오자마자 울리는 어머니 목소리

"뭐할라 힘든데 왔다 갔냐?"
"어머니, 무슨 일 있으세요?"
"아니다. 고마워서 전화한다. 방에 들어오면 훈훈하고
정말 따숩다."

정겨움 풍기는 한 마디 자식들한테 뒷모습마저 아름답
게 남기시려는 어머니
따뜻한 겨울 햇살로 환하게 퍼져 온다

별들이 부르면
- 생의 끝자락 친구를 생각하며

노을
어스름
촛불을 준비하면
어느 새 한밤을 걷는
그림자

진달래 꽃잎 따며
눈빛에 여울지던
미소
불러보는 어릴 적
동무들

나의 별
너의 별
어머니 가슴처럼
포근한 고향
별들을 노래해

해와 달
거니는 길 따라
왔던 모습 그대로
되돌아가는 먼-길
나그네

설봉호수

길에서 보면
제방일 뿐인데

병풍 두른 산자락에
가득 채운 수묵화
무지개 사는 고향.

돌 섶에 피어난
야생화 한 송이에도
내 사랑 주고 싶은

호수에 비친 추억
마음 둘레길 되어
거닐고 싶어라

이천(利川) 풍경

도드람 봉우리
건너건너

병풍 두른 설봉자락
호수에 잠기니
한 폭 수채화

햇살 가득 파란 하늘
얼기설기 늘어진 가지에
노오란 꽃 향연

복사꽃 물들이며
몽유도원도 그 속

도공(陶工)의 손으로
빚은 흙
혼(魂)으로 불꽃으로
타오르고

이섭대천(利涉大川) 전설은
복하천(福河川) 굽이굽이
풍류 되어 흐르네

언제 왔는지
너를 보는 것만으로도
이 가을 행복하다

3부

후회 없었노라
들려줄 수만
있었으면

감자꽃

달빛
내린다
붉은 꽃
하얀 꽃

속마음
숨기고
아롱다롱

그리움만
주렁주렁
더욱
하얗다

먼 훗날

돌고
돌아온 여정

세월에
인사하면

저만치 앞서
흔드는 손사래

연륜의 그림자
사계를 넘어

옷깃 스친
바람에게

후회 없었노라
들려줄 수만 있었으면

머-ㄴ
훗날….

이젠, 맥문동(麥門冬)은 사람이 살고 있다
- 투병중인 친구에게

사하라 외로운 낙타는
강을 건너 여행을 떠나고
더불어 보폭을 맞추는 친구

적막함이 실개천을 건너
추억을 회상하고
고요함은 촛불을 켠다

부석사* 저녁 무렵
눈물로 그린 수채화
그 속에

아름다운 보랏빛
꿈이 영글었지만, 꽃으로
피어나지 못한 아쉬움만 남는다

어둠을 넘어
마실 나온 아침 햇살
봄이 오면 다시 돋아나 꽃피울

맥문동(麥門冬)은
이젠,
사람이 살고 있다

*투병 중인 친구의 2008년 출간한 수필집 『맥문동은 사람이 살고 있지 않았다』를 생각하며
* 부석사 : 충남 서산시 부석면에 위치한 아름다운 사찰

봄날에

파도치는 추억
울려 퍼지는 교향악
향긋한 꽃내음
하늘 향해 얼굴 부빌 적

높은 창공
파아란 가슴속
기다리는 마음으로
오늘도 머-ㄴ 길 떠나려네

겨울이 깊을수록

눈송이
겨울날

스쳐가는
휘파람

콧등에
부딪히는
고드름

어느 봄날
사랑을
노래하고

어느 봄날
사르르
녹아 내릴까

삶의 의미

사랑이 스쳐 지난
이 마음 텅 빈 자리

지나온 세월만큼
채우려고

찬서리 눈보라에도
휑한 눈 뜨네

컴컴한 깊은 터널
한 줄기 빛살처럼

죽어질 그 날까지
품고 품어 사오려

오늘도 피오는 꿈들
너울너울

그립다 말 못하고

모질게
울지 않을 뿐

보낸 아쉬움
옷고름 적시오면

어느 때일까
마음 졸이고

언제쯤일까
가슴 저미어

그림자 기우는
하얀 기다림

그림자

그림자에
눈이 쌓인다

하얗게
드리운
그리움의 두께

저녁 달빛
비켜갈까
저어스런 마음

파도

수평선 수놓은
조각물결
거친 호흡으로
너울은 춤추고

물보라 헤적이다
등대를 도는
하얀 포말의 함성

지나간 시간들
그리움으로 희미해
노래를 한다
파도는

봄

연녹색 손짓하는
창가, 이미
가까온 것일까

터지는 눈망울
두근거림에
싹이 돋는다

쑥범벅 한 입
겨울이야기
풀어 놓을 적

시냇물 흐르는
봄내음
눈을 감고 쉬어가는
그리움

그대 생각 그리움

사나흘 오는 비
두어 평 텃밭에
냉이꽃 피는

그대 생각
그리움

어제는 구름 속에
오늘은 하늘가에
해가 지면 별자리
돌아가야 할 시간

노을 먼 산
솔바람 달빛 내려
홀연 흐르는 눈물

다시 만날 이별은
강물위에 피어오른
물안개

속절없는
옛사랑

그리움 깊을수록

흔들림에 바람인 걸
아지랑이로 봄인 줄
향기 가득 넘쳐 사랑을 알았네

아른아른 그리움
몰랐을까, 왜
어느새 내 안 그대 있음을

불지 마라
봄바람

물 오른 버들가지
얼룩질까 가슴 저미고
진달래 개나리
사라질까 저어스러라

겨울 나라

하얀 눈 위에
어둠이 내리고

발자욱 나란히
길 찾는 고라니

어디로 떠나갈까
쓸쓸한 발길

바람 불어
머물 줄 모르는

하얀 세상
외로운 나그네

세밑에

첫날의 환희
가버린 것들의
망연함

삼백예순다섯
그 이름
아쉬움과 그리움에

보고 또 보려
불러보면 되돌아오는
메아리

여명에 떠오르는 빛
빈 가슴에 다가올
사연 사연

향기로운 열두 장
얼마나 많은 이야기
담겨 있을까

단풍, 또 단풍

한 사람 떠난 자리
다른 사람 찾아오고
많은 사람 지나간 자리
여전히 따라 할 또
다른 나그네

머물렀던 추억
붉어 슬픈 나뭇잎
발걸음 총총총
그리움 헤매일 적
만남과 이별
함께 눈 감고
가을을 다독여본다

산도 좋다
물도 바다도
언제 왔는지
너를 보는 것만으로도
이 가을 행복하다

바다의 노래

오래도록
추억을 끌어안고
있는 날

그대
웃음소리
수평선 위를 걸으면

파아란 물결에
돛단배 띄우고
바람의 노래에

그리움
밀려오는
밀물 썰물
하얀 포말 되어 다가온다

빛 바랜 사진첩

누군가
그리운 날
빛 바랜 사진첩
푸르른 그대가 보입니다

아픈 가슴 안개로
슬픈 표정 구름으로
얼어붙은 마음 바람으로
너울너울 나비되어

누군가
그리운 날
별이 된 당신에게
그리움 가득한 추억을 노래합니다

그리움 실어

시계바늘에
걸터앉아
하루가 되고

먼 산 노을
바라보다
한 달이 된다

갈 겨울
소곤소곤 봄소식
한 해가 지나면

흰 머리카락
뒷모습에
그리움 실어
또 한 해를 보낸다

가을로 가는 여행

무게 내려놓고
나를 찾는 순간
주홍빛 물감 풀은
머언 산자락은
가을을 가득 채운다

무심으로 바라보는 이정표엔
저 혼자 붉어진 햇살
풍경이 어른거리고
파란 하늘 흐르는 바람
스치는 것만으로 넉넉한 여정

어디로 가는 걸까
누구를 만날까
그리움 소록소록
가을로 가는 여행

유성(流星)처럼

짧은 빛
태우며
흐르는

길 떠난
당신은
그리움

바라보다
어지러워
쓰러진 데도

나는 나는
뒷동산 별 헤는
별밤지기

오로지 당신만을

당신이 오신다기 강가로 갑니다
반짝이는 조약돌에
흔들리는 갈대
바람도 보이지 않고

당신이 오신다기 먼 산을 봅니다
노송에 걸린 붉은 풍경화
물든 노을
별들은 아직 멀었는데

기도하는 두 손에도
망연히 지나가는 세월

당신이 가신다기 둘러 봅니다
가슴 두근두근
언제 오셨던가
내 곁에

우수(雨水)

고운 이름
땅위에
어슬렁이고

산등성이 잔설
어머니 품인 듯
서러움 감추면

잠깬 가지
꽃피울 기다림에
배웅 가는 길

어떻게 보낼까
먼 산 올라가는
겨울 잔영을 바라본다

무슨 이야기일까

담벼락 기올라

귀 기울이는 호기심

4 부

보일 듯
잡힐 듯

자아(自我)

눈보라 속을
헤매인다

비틀
비틀

보일 듯
잡힐 듯

그 무엇 찾으려

욕망은 끝이 없어

허세의 치장
가식의 허울
모든 망상
잠시 내려놓고
머릿속 비우려네

할 일 많아
한 장 옷자락
푹신한 베게에
잠시 쉬었다
다시 오려네

촛불처럼

어둠에 빠져
한줄기 빛조차
절실한 마음

그 속에서
빛을 키워
어둠 밝히는
희열의 눈물

자화상

낙엽을 본다

세월 한 켜 쌓이면
보이는 것
모두
허망함으로

빠져나간 넋들이
갈 곳 잃어
방황할 때면

깨끗함과
해맑음에
마음 보태고 싶다

책갈피에 정갈히
수를 놓듯

염원

노래하고 싶어요

가슴에 강물처럼 흐르는
고독을

빗방울 하얗게 부서지는
아우성을

노래하고 싶어요

푸르른 별을 그리는
꿈을

미리내 물결에 일렁이는
추억을

밤노래

언뜻언뜻
가냘픈 수줍음
언덕 너머 사연들
불러 모았나

영롱한 얼굴
환상의 나래
허공 맴돌아

별빛 일렁이는
은하수 물결에
띄워 놓은
종이배

낙엽처럼

세월에
춤추는 잎새

푸르름
구르고 뒹굴면

바람 앞세워
떠나는 이별

차라리
어서 가자

꿈꾸는 언덕
그곳으로

가로등 아래

어스름
구비 도는 여울목

눈동자
사랑으로
어둠을 이겨내면

추억
마디 마디
흰눈 내리고

세월의
길 따라
시가 흐르는데

백발 성긴
뒷모습
불빛에 아련하다

은행나무 풍경

노을 잠기면
어스름 따라
서성이는
산그림자

사르륵 사삭
사르르르
메아리진
낙엽의 노래

목마름에
입술 축이는
바램은
알고 있는지

마음
가득 채운
황금, 노오란
풍경화를….

가을이 익어 가면

꾸미지 않아도
익어가는 들판
다 보듬어 내 것인 듯
느릿느릿 걸으면

쪽빛 수놓은 구름
가을 익어가는
코스모스 바람결에
따스한 햇살을 담고

먼~길 돌아
황혼의 들판
바라보는 모습
스스로를 위로하니
스치는 바람이 향기롭다

누구나 누구처럼

스치는 바람에
해살해살
길섶 노랑꽃

화려함도 없이
눈길 한번 받지 못해
행여 서러웠을까

무더위 가슴
적셔주는
한 줄기 소나기 내려

빨간 장미
백합나리 꿈꾸며
신기루 찾아 떠나면

행복이 흐르는
여울목에
맑은 웃음 띄운다

신명 속의 고독
- 풍선 인형

신명으로
춤추는
길거리

흐느적이는
고독

붉은 노을도
달랠 길 없어

바람 그치면
멈춰야 할

어쩌면
인생
영원한 광대

가자, 밝음 속으로

새벽 안개
산허리 감아 도는
태양의 잉태

하루를 물 들일 쯤
햇살이 웃는다

메아리를 불러도
고독한 방랑은
깊은 곳을 향하는데

모든 걸 안고 가야 할
온갖 사연들

가자
가보자
밝음 속으로

해를 기다리며

얼마나 더
기다려야 할까
애타는 마음

소원을 합장하는
두 손 사이로
하늘 빛
조용하기만 하다

해야
일어나
일어나라
새 날이 온다

너를 맞아
이글거림으로
어둠의 세상 활짝 열어
더불어
더불어
나아가리니

봄은 오건만

가자 가보자
무작정

바람
가지를 휘어 안고
이른 봄비 미끄럼을 탄다

겨우내 움츠린
어귀마다 봄은 오건만

밤새 소곤거린
작은 별
구름 따라 가버리면

어디로 가야 할까
눈썹달

풀지 못한 숙제에
허우적이다 또 다시
깊은 잠이 든다

살다 보니 어느 새

명절날 신어보는
타이야표 통고무신
내 몸보다 소중했던
검정고무신

행여 닳아질까
손에 쥐고 걷던
발보다 훨씬 커
헐떡이던
검정고무신

하얀 눈 위에
발등을 덮는 추억
돌아보니 사르르
먼
여행길

산허리 안개처럼
사라지는
내
발자국

물처럼

세모
네모
둥그런
모두를
모두를 위해

낮은
낮은 곳으로
막히면 멀리
골 진 곳으로

갈증 풀어주고
흙땀 씻어주고
순간순간
필요한 곳을 찾아

무엇이 되어야 하고
무엇을 이룰 것인가
휘적휘적
걸어갑니다

내 마음 뜨락

뜨락에
하나 둘
소중한 생각들

나무 위
가라앉은
달빛 비추면

창문 밖
하이야한
유년의 기억들

초겨울
모퉁이
따사로운 햇빛은

생각만으로도
설레는
추억의 풍금소리

나팔꽃

시월 마지막
가을 소리 멀어지면

무슨 이야기일까
담벼락 기올라
귀 기울이는
호기심

가냘픈
그래도 힘차게

하얀 서리마저
기다림의 동반자

루루루루
가을이 가네

모두 주인공

한 마당
가면놀이

속 내
보인 얼굴

품위 맞춘
거짓 얼굴

감추고 숨기고
돌아서면

하나 둘
가면은 늘어

어쩌면 인생
모두 주인공

모든 걸 다 주고

　떠나는, 널

헤어보지 않겠다

5부

설레임
속삭이며

입춘

창문 열자 논길
따라온 봄비
봄봄 속삭이며
피어올리는 그리움

달래 냉이 씀바귀
개나리 진달래
새싹 부산한
먼 산

겨울나무
서성이는 꽃샘바람
보리밭
매화향기
잔설을 밀어내네

봄비

터지는 소리에
발길 멈춘
봄비

기쁨 목마 타고
생명으로
두런두런

어둠 뚫고
쫑긋 돋아난
이름들

활짝 피울 날 생각하며
망울망울
웃는다

봄날의 꿈

햇살이
내린다

깊숙히 파고 드니
잠자던 아지랑이
기지개 켜고
산그늘도 내려와
하나가 된다

목련 아래
봄소리
흐르는

추억을 마시며
옛 친구의
편질 읽는다

어메, 바람나것네

얼굴도 없이 속삭이며
사알짝 숨어
산수유 매화꽃
그리움으로 물들이고

어디서 어디로인지
부는 대로 가고 싶은
그대는
봄바람

무얼 그리 샘이 났나
골목길 휩쓸어
활짝 핀 꽃들
어찌하라고

앞가슴 훔쳐보고
치맛자락 건드리니
"어메, 바람나것네"

* 김영랑 님의 "오메, 단풍들것네"를 차용

봄눈으로 내려온 얼굴

하얀 눈 소복이 쌓여
회한의 눈물처럼
흔적을 적신다

반가운 얼굴들
망각 속으로
아지랑이 피오르면

길 잃은 잔설들
촉촉 걸음에
추억아
그리움아

안개로
구름으로
따뜻한 바람으로
골짝 골짝마다 퍼지는
메아리 되어라

봄꽃 되어 흐른다

바람 타는
꽃물결
봄길 흐르면

수줍어라 또
한 계절
노오란 산수유

산골 고향
냇물 따라
사태(沙汰) 이룬 호사(好事)에

돌아오는
얼굴들
봄꽃 되어 흐른다

기다리는 마음

꽃향기 따라
오솔길
굽이굽이 다가오는
고향 소식

산중턱 잔설에
가로막혀
'무서워요, 무서워요'
숨죽이는
봄의 소리

이월 찬바람
여정 없이 떠노는
나그네처럼
먼 길 채비
분주하다

삼월의 노래

봄바람 화들짝
일어나 둘러보면
눈망울 아롱이는
사랑의 꿈들

푸름 쏘오옥
내미는 새싹
두근거림에
봄날은 시작되고

설레임 속삭이며
전해오는
메아리
희망을 노래하네

사월은

돌아온 사월은
걸음마다 수줍어
황홀한 자태

안개 내려앉은
냉이꽃
아지랑이 붙잡고
조잘 조잘

노오란 산수유
숨은 향기 미소 지면
아득한 별 하나
나를 반기네

매화꽃 흩뿌린 광장에

광란의 시작
초점 잃어 헤매는
아우성

봄은 익어
매화꽃 흩뿌린
광장엔

초록 여울져
기다리고 기다리는
축제의 향연

달빛
이야기 적시고
별빛
추억 쌓이고

오월이 가네

별빛
쌓이는
그리움

밤새워
도란도란
초록잎
봄 이야기

또
하루
오월은 가네

행복한 오월

꽃잎들
앞서가는 잰걸음
길모퉁이 돌아

간간 내리는 이슬비
희망을 두드리면

하얀 밥풀 떠놓은
이팝나무 꽃 향기에

민들레 노랑 꽃 풍선
하늘 나는 꿈이 있고

물소리 새소리
사연사연
망울망울
행복한 오월

유월의 소묘

꽃이다
예저길 보아도

그윽한 향기
희열의 숨결

이글거림의
오후 잠재우고

바람의 미소
주춤한 틈으로

마음 묶어
보내는 그리움

별빛 이슬
맺힌 꽃잎

팔월의 노래

풀벌레 밤새 울어
동트는 아침부터
도사리는 이글 태양

문 두드리는 매미와
이름 모를 새들까지
먼 산 여명에
넋을 놓고 앉아있다

입추단상

녹아 지친 한낮
갈 길 찾으니
하늘 높아
구름 멀어

꼬투리 강낭콩
줄기 고구마
빨간 고추밭
풍년 설레는 벼이삭

햇살 기우는
서늘한 바람에
쓰르라미 울어대면
스쳐가는 세월
노을 속에 묻히고

구월의 노래

햇살 담은
빨간 고추

잠자리
맴맴
가을을 말리면

푸르른 세월
언덕을 넘고

먼 산
노을 따라
빨갛게 물든
향수

아 가을인가
길모퉁이 빠르게
지나가는
고향의 노래

가을 소묘

고요가
흐르는
가을 끝자락

나무 한 그루
낙엽 한 잎까지
긴장하는

옷깃 여며
손을 흔들면

비에 씻겨
불타는 가을빛
여전 눈부셔

11월의 노래

텅 빈
가을
끝자락

절정 이룬
단풍들

환희 뒤
감추어진
고독에

침묵은
눈을 감고
떠나는 시간

가고 말면
못 볼
11월의 노래

서리꽃

아침 안개
자욱

산수유
알알이 빨갛게
맺힌 이슬방울

꽃이고 싶어
하얗게
피어난
꽃
꽃

마지막 잎새

날린다
구른다
그렇게 늘
푸르름으로
있을 것만 같았는데

어느덧
등지며 떨어지는
어떤 추억
그리움

떨어지는 소리에
박자를 맞추리
숨어우는 흐느낌에
소리를 내리

모든 걸 다 주고
떠나는, 널
헤어보지 않겠다
다시 만날 희망 있기에

12월의 노래

쉼 없이
달려온 시간

아름다운 노을에
하얀 눈 내리면

달빛에 엎드린
그림자 밟으며

아내 손잡고
내일을 노래하리

어두움 내린 초가
함박눈 쌓이면

노루 사슴 산새들
아침을 기다리겠지

겨울의 길목에서

가을비
추적추적
가슴 적시면

논길 따라
오는
겨울 소식

창 열고
헤어보는
별의 소식

고향 소식

나란히 누워

흐르는 흰 구름 바라본다

6부

어릴 적
웃음으로
반겨주는

첫눈 내리는 날

여행이라면 좋겠다
눈 오는
하루

호젓한 호숫가
서리꽃 피어나고
발길은 찻집에 머물고

사르르
사르르
노래하고 싶은

눈 오는
하루

고향

잊을 만도 한데
어릴 적 웃음으로
반겨주는 고향

송사리 잡으며
내친김 헤엄쳐
강 건너면

사립문 밖
근심 어린
어머님 얼굴

연자방아 끌며
졸던 그 자리
무성한 들풀마저
추억을 풀어놓고

언뜻 설핏 보이는
신작로 산중턱
아득한 그리움이
영(嶺)을 넘는다

고향길

꼬부랑길 들꽃
한 송이
산등성에 묻혀

불러도
불러도
골짜기 메아리

그리움
텅 빈 하늘
구름 되어 흐르고

그림자 동행하니
행복한
고향길

설날

살며시 다가오네
오색무지개

산까치 울어
반가운 손님으로

묻혀진 시간들
움트워

내일을 노래하리
희망으로

달항아리

무심으로 빚은
당당함
티끌조차도
아름다움 뒤로 숨은
혼을 태운 승화
산을 내려온 바람의
춤사위

뜨겁게 뜨겁게 드디어
차가운 순백(純白)
학 한 마리 구름 위에
달덩이를 이고 가는
영원의 나래 위에
피오는 연꽃

그리운 얼굴

한 송이 꽃으로
다가오는 얼굴들

삶에
희망에
사랑에
그리움에
별빛 내리면

새봄 노래하듯
인생을 이야기한다

무지개

봄비 한 줄기
초록으로 바뀌면
멀리서 들려오는
고향 이야기

고요마저 흐르는
잔잔한 연못
그 곳에 더욱
찬란한 그대

어릴 적 부르던
희망 한 구절
조용히 다가와
마음 달랜다

친구여

가는 그 곳
멀-리 있기에

노을 머물다
땅거미 드리우면

못다 쓴 일기
사연 모아 채우고

아쉬움에
한 바퀴 데구르르

떠나자

눈동자 빛나
생명이 숨 쉬듯

언제처럼
발걸음 가벼이

뛰고 뛰고
또 뛰어

빈 의자

앉으라
등 내밀며
흔들흔들

내려가기 싫어도
언젠가는
비워야 할 자리

오늘도 삶의 위안으로
작은 의자에
앉히고 앉혀보는
소박한 꿈

소나기 갠 후

무지개를
그린다

  빨려들듯 회오리
   주위를 휩쓸고
    노을 잠든
     초저녁
    파랑새 날개짓에
   남풍 불어오면
  보고 싶은 그대

푸른 하늘에
무지개를
띄운다

낡은 의자에 색칠을 한다

많은 세월 지나
삐걱거리며 흔들린다

파란색도 칠했다
초록 보라
절망스러울 땐
빨강색도….

이제
노을빛 그대로
울퉁불퉁 투명으로
낡은 의자에 색칠을 한다

독도야 독도야

북태평양 오호츠크 세력싸움
밀고 밀려
또 밀리면

하늘에서 퍼붓는 물 폭탄

엄마 무덤 지키던
개굴개굴 청개구리

내일은
행여 슬퍼 있을

'울릉도 동남쪽 뱃길 따라 이백 리'
…… 가볼까

화장하는 마음

어느에게도
감추고 싶어
화장을 한다

흐릿한 어리석음
버리고 싶어
화장을 한다

한 송이 달맞이꽃
사랑하고 싶어
화장을 한다

추억의 시간
넌지시 창문 열어
거울을 본다

구절초

산그늘
몰래 내려와
향기 젖은
가을답

무서리
꽃잎에 기댄
가슴시린
구절초

잠자리
날개짓에
미소
짓는다

아지랑이

빽빽한 숲
새소리 바람소리
가파른 시골길
굽이 도는 오솔길

푸르름 사이로
학교운동장
냇물에 빙어떼
봄기운 늘어진 수양버들
그림 속에 나오던 친구들
숙이, 순이, 영자….
햇빛에 반사되어
보석으로 박힌다

어린 시절
고향 소식 나란히 누워
흐르는 흰 구름 바라본다

여름의 향연

달빛 내려
향기 전해주면
　개굴개굴
　개골개골

흐르는 땀방울
미소 맺히고
　개굴개굴
　개골개골

모들의 춤사위
영그는 소리
　개굴개굴
　개골개골

여름의 함성
뜨거울까 밤새 조바심
　개굴개굴
　개골개골

황혼에 취해

달빛
고개 내밀어
배웅할 때면

보내는 서러움
풀매미 목청
찌르 찌르르

아쉬움
뒤엉켜
파르르 떨릴 때

추억은
노을처럼
풍경화가 된다

가을에

하늘이 내려와
불러내면

들꽃이라도
그들과 얘기하고 싶다

푸르던 날이 물들어
붉은 잎사귀 되어버린

그대 오는 길목
석양은 저리 고운데

오소서, 향기 따라
사뿐한 걸음으로

낙엽과 더불어

잎으로 돌아가는
추락
너무 쓸쓸할까

풍경(風磬) 날리고
바람 비켜
슬픔은 파도를 탄다

뒤돌아보는
길 위에
땅거미 내리면

더불어
떠나고 싶은
생각들

만추(晩秋)

추억 남긴 채
옷 벗은
나무

하얀 꽃
올까
기다림에

멈춰진
사이 사이
겹쳐 지나는
 늦가을
오후

하늘 향해
미소 띤
머-ㄴ산 풍경

연꽃

연꽃이 핀다
진흙속
바람결에

아름답고 고운
그대 있어
맑아지는 마음

향기로 취한
널 보면
꿈속이라도
마냥
좋다

낙엽을 보며

떨어질
때를 아는
생명시계

바람 따라
별들 바라
견뎌낸 시련

깊은
명상에 빠진
먼 여행길

우리네 삶도 이와 같이

1. 일몰

붉게 물들었다
한강 밑을 흐르는 물살에
온갖 사연 씻어버린 일몰
동에서 태어나 서쪽으로
인생 여정 한가운데
해넘이의 시작이다
가벼운 여인의 춤사위
빙글빙글 절정을 향하면
서쪽 하늘 여백에 새긴 이름
사위어진 그리움이 흐느끼고
기다림도 멈추지 않는 시간
강물 수놓은 풍경 속으로
이내 빠져버린 아쉬움
노을 지고 나면 어둠 성큼성큼

2. 월출

빠르게 다가온다
어둠을 보낸 산 위로
붉은 빛 초저녁 보름달

사라진 태양의 환생일 터
둥그런 고개를 내밀어
해설핏 그리움으로
순간순간 보고 싶은 얼굴들
가슴에 이슬 내리고
망울진 서러움 어둠을 적실 때
붉은 달 이내 노란 달빛 되어
구름 흐르는 사이사이
허무의 길 인도하는 정 따라
영혼의 등불을 켜면
별 하나 사랑을 노래하네

시인은 자기의 얼굴을 그리면서
그 얼굴 속에 신념의 줄기를
담기 위해 신명(神明)을 바친다.

영혼을 담은
가면과 진실

채수영(시인, 문학비평가)

영혼을 담은 가면과 진실
- 홍선표의 첫 시집

1. 얼굴 그리기

시인은 자기의 얼굴을 그리면서 그 얼굴 속에 신념의 줄기를 담기 위해 신명(神明)을 바친다. 여기엔 진정성이 있어야 하고 앞으로 바라보는 생각의 갈래가 드러날 때, 독자는 시의 품격을 생각하는 사고의 나래가 펼쳐진다. 결국 시인은 자기의 모두를 그림으로 나타내는 화가이면서 가락으로 리듬을 담는 흥겨움과 생각의 다양성을 내포할 때, 비로소 시의 이름은 고귀한 가치의 높이에 이르게 된다. 이런 견지에서 시는 시인의 전신(全身)을 그리는 작업이 될 때- 그 마스크 속에 인간학의 철학이 수용(收容)된다. 결국 한권의 시집에는 반복되는 시어의 빈도나 담겨지는 내용의 총합에 의해 자화상을 연상한다는 뜻이다. 넓고 웅혼한 연상이 떠오르기도 하고 더러는 작고 보잘것없는 인상 등 다양한 추상(推想)의 몫은 독자의 뇌리에 가두어질 것이다. 프로이드가 말한 심적 개성(mental personality) 중 Ego에서 Superego로의 가림막을 설치한다 해도 결국은 Id에 나포되는 일이 마지막 종점일 때, 시는 곧 자화상을 여지없이 보여주는 가면의 행렬이기 때문이다. 이런 단계가 구체적으로 진행하면 자기도취중(narcissism)에서 수선화의 전설은 어김없이 시로 나타난다. 이제 그런 증거를 찾아 길을 재촉한다.

2. 마스크

전신 중에 가장 중요한 부분은 아마도 얼굴일 것이다. 물론 무엇을 기준으로 바라볼 것인가는 필요의 물목(物目)이겠지만 얼굴은 마음으로 들어가는 간판- 마스크라는 뜻이다. 민낯의 얼굴일 수도 있고 더러는 덕지덕지 화장하는 얼굴로 드러나는 경우 등등 인간사의 모양이 연출되는 데는 틀림없는 판단의 기준이 될 것이다.

시인이 시를 쓰는데 사물과 한데 모아지는 의식의 통일에는 두 가지의 방도가 있다. 동화(同化)와 투사(投射)라면 전자는 세계를 내부로 끌어와서 하나가 되는 방도에의 인격화일 때, 홍선표의 갈등은 화장술에 의존하는 고백이 앞장선다. 왜냐하면 시는 자기고백이고 자기의 모습을 가감 없이 언어화하는 도정(道程)에 수 없이 많은 고뇌의 길을 망설이다 나오는 현상이기 때문이다.

어느에게도
감추고 싶어

화장을 한다

흐릿한 어리석음
버리고 싶어
화장을 한다

한 송이 달맞이꽃
사랑하고 싶어
화장을 한다

추억의 시간
넌지시 창문 열어
거울을 본다
　- 〈화장하는 마음〉 전문

　모든 현상에는 이유가 내재한다. 화장을 하는 사람은 필요의 이
유가 있고 민낯으로 사는 사람에게는 그 나름의 사연이 있어 자기
합리의 길이 열리게 된다. 물론 전자와 후자를 좋고 나쁨으로 말하
는 일은 아니다. 살아가는 방법의 일환이기 때문이다.

　여인의 본능은 꾸미는데 있다. 이는 미적 추구의 본능이고 이로
부터 때로는 환상미를 연출할 수도 있고 또는 음험한 자기의 모순
을 감추기 위한 변장술로도 이용된다. 넘치는 길거리 여인들의 얼
굴에 화장술의 기교는 본래의 모습과는 동떨어진 경우이거나 지고
(至高)의 미적 연상을 감상하는 일은 오늘날 인간이 처한 현실에의
반항일 수도 있다. 왜냐하면 복잡한 세상에서 자기를 위장하고 계
산하는 일이 보편화된 삶의 방편이기 때문이다. 홍선표는 '어느에
게도'라는 미지칭의 사람을 전제로 '감추고 싶어'와 '버리고 싶어' 그

리고 '사랑하고 싶어'의 이유에서 화장하고 싶은 근거가 나타난다. 무엇을 '감추고 싶어'의 구체성은 보이지 않지만 '버리고 싶은' 이유는 다소 애매하지만 '어리석음'을 적시하는 것으로 보면 자기모순의 이유가 드러난다. 감추는 것과 버리고 싶은 것은 자기 콤플렉스의 경우 - 인간은 누구나 이런 경우를 가지고 있다. 예를 들자면 김삿갓은 가부장 거부에의 방랑이나 김시습의 인간 혐오에 항문배설의 역설인 〈금오신화〉, 베토벤의 눈먼 콤플렉스를 극복한 9개의 교향곡 등 모든 위대한 탄생의 작품은 거개가 콤플렉스의 극복·예술사는 결국 콤플렉스의 극복사와 같다.

시 쓰는 일은 나를 발견하는 일과 자기를 방기(放棄)하고 살아가는 두 가지의 태도를 바라볼 수 있다. 전자는 탐구적이고 진취적이라면 후자는 그날그날을 무의미로 도색하는 태도로 볼 수 있을 것이다. 어느 것이 자아의 참모습인지는 결국 '거울'을 바라볼 줄 아는 탐색에서 가능의 문이 열릴 것이다. 시는 항상 그런 추구의 길을 모색하는 아름다움에 심취한다. 다시 말해서 인간은 모두 자기만의 거울이 있다. 스스로가 만들고 스스로가 무슨 거울·또렷하고 명확한 상을 만드는 거울인가하면 흐릿하고 안개숲 같은 거울을 가질 수도 있다. 홍선표의 거울은 다소 흐릿함을 담고 있는 것 같다.

낙엽을 본다

세월 한 켜 쌓이면
보이는 것
모두
허망함으로

빠져나간 넋들이
갈 곳 잃어
방황할 때면

깨끗함과
해맑음에
마음 보태고 싶다

책갈피에 정갈히
수를 놓듯
  - 〈자화상〉 전문

  위 〈자화상〉은 두 가지의 핵심어로 묶어진다. '보이는 것/모두 허망함으로'와 '넋들이/갈 곳 잃어/방황할 때면'이라는 가정의 시어에서 방황과 허무가 자리하고 이를 자각하는 마음에는 '깨끗함'과 '해맑음'이라는 두 시어 속으로 들어가기를 바램 하는 뜻이 강조된다.

  허무와 방황은 범인(凡人)이 갖는 보편적인 현상이다. 어느 누구도 이런 범주에서 벗어나 자각의 명쾌한 이름을 남긴 경우는 드물다 그렇기 때문에 이 콤플렉스를 극복하기 위해 심혈을 바쳐 삶의 밭을 일구는 일상을 살아간다. 그럴더라도 때로는 허무가 찾아들고 더러는 절망의 늪이 가로막는 경우가 허다하다. 홍선표는 이런 정신의 갈등을 마주하면 유사참연(有事斬然) 일을 당하면 '단호하고 결단 있게'에는 미치지 못하는 여린 마음이 안개로 나타난다. 이는 앞으로 극복의 과제이고 죽는 날까지 시적 명제로 자리 잡아야 할 문제인 듯하다. 다음 시를 보면 앞에서 언급한 일들이 증명으로 드러난다.

눈보라 속을
헤매인다

비틀
비틀

보일 듯
잡힐 듯

그 무엇 찾으려
  - 〈자아(自我)〉 전문

  사는 일은 언제나 비틀거리는 보폭(步幅)에 슬픔이 감겨진다. 누
구도 이런 경지에서 자유로울 수 없을 때, 후회하고 고뇌하는 길 앞
에서 살아간다. 나를 찾는 여행은 평생의 숙업이고 과제일 때, 자아
를 만나는 일은 지적(知的) 여행의 본질이라야 한다. '비틀 비틀'에
서 곧추세우는 일이 숙명이라는 숙제를 풀어내기 위해 여정의 끝은
때로 슬픔과 후회의 나날 앞에 선 존재가 인간이기 때문이다. 특히
시인은 민감한 정서의 더듬이를 갖고 있어 더욱 예민할 따름이다.

3. 그리움 혹은 봄의 정서 펼치기

  홍선표의 시에 가장 많은 시적 이미지는 봄날과 그리움이다. 아마
숫자로 압도적인 의미는 그가 지향하는 정서의 편향성을 나타내는
기준점이 될 것이다. 왜, 그럴까? 이 대답은 아주 간단하다. 인간의 면

모 혹은 정신의 모두가 그런 강으로 흐르는 심리적인 상태를 의미한
다. 왜냐하면 시는 자기표현(self expression)의 기준에서 세계의 자기화
이기 때문이다. 다시 말해서 대상을 끌어들여 나와 동일성의 기준으
로 만들려는 발상에서 시는 출발한다. 왜냐하면 Poem은 만들다 행하
다에서 만든다는 창조의 빌미가 담겨있기 때문이다. 아무튼 그리움
의 길이 어디로 향하는가는 시인의 마음의 행로가 작정하는 의도일
뿐이라는 점에서 독자는 따라가면 자연스레 알게 된다.

　　　사나흘 오는 비
　　　두어 평 텃밭에
　　　냉이꽃 피는

　　　그대 생각
　　　그리움

　　　어제는 구름 속에
　　　오늘은 하늘가에
　　　해가 지면 별자리
　　　돌아가야 할 시간

　　　노을 먼 산
　　　솔바람 달빛 내려
　　　홀연 흐르는 눈물

　　　다시 만날 이별은
　　　강물 위에 피어오른
　　　물안개

속절없는
옛사랑
　- 〈그대 생각 그리움〉 전문

　홍선표의 시에는 물기가 많다. 강이나 눈물 혹은 가슴에 강물로
흐르는 소리가 시에 담겨진다. 이는 홍선표의 정서에 담겨진 본질
로 보인다. 설사 옛사랑을 생각하는 추상(追想)이거나 과거의 어느
특이한 사고의 일부일지라도 현실까지 이어오는 인자(因子)에는
그만의 트라우마가 담겨있기 때문에 무심히 흘려보내는 일은 아니
다. 즉, '강물' '물안개' 등은 이별이라는 가정의 조건에서 나오는 물기
이고 노을에 묻은 색채에서도 눈물이 나오는 일은 여린 심성의 특
이성으로 보인다. 아울러 봄비에 물기 등등은 그리움으로 가는 도
정(道程)에서 삶의 방법일 수도 있다는 뜻을 첨가하면 여림이 우울
이 되는 이유만은 아닐 것 같다. 다시 말해서 물기가 가슴에 많을 때
는-그리움의 이유로 보인다.

　　흔들림에 바람인 걸
　　아지랑이로 봄인 줄
　　향기 가득 넘쳐 사랑을 알았네

　　아른아른 그리움
　　몰랐을까, 왜
　　어느새 내 안 그대 있음을

　　불지 마라
　　봄바람

물 오른 버들가지
얼룩질까 가슴 저미고
진달래 개나리
사라질까 저어스러라
 - 〈그리움 깊을수록〉 전문

　정지태(停止態)가 아니라 이동하는 역동성을 그리움으로 설정하
면 봄은 아주 적절한 예가 될 것 같다. 물이 흐르면 어딘가 가야할
곳-그대 있는 곳으로 지향점을 마련하여 정서의 갈증을 발동하고
애타는 마음이 줄기를 만들어 이리저리 헤매는 모양의 궁극은 흐름
으로 강을 연상하게 된다. 홍선표의 그리움은 결국 애타는 정서를
식히는 의미에의 물기 혹은 가야하는 명제로의 길찾기라는 뜻을 첨
가하면 그리움이 많은 이유를 정리하게 된다.
　봄은 시작이다. 아울러 시작은 유아적인 정서가 싹으로 이미지를
굳힌다는 뜻에서 보면 시적 정서의 지향점을 암시하는 것도 된다.

　　창문 열자 논길
　　따라온 봄비
　　봄봄 속삭이며
　　피어올리는 그리움

　　개나리 진달래
　　새싹 부산한
　　먼 산
　　 - 〈입춘〉에서

　닫힌 겨울의 이미지가 봄이면 문을 여는 것으로써 모든 시작의

156

상징이 열린다. 환희의 열림이고 창조의 문이 시작을 알리는 잔치의 신호라면 봄은 확실히 생명의 약동을 예약하는 점에서 N.프라이가 말한 봄은 미토스-희극의 연상을 가져온다. 희극은 비극의 상반된 개념이지만 우주의 원리로 보면 이어진 줄기의 구별-겨울에서 봄이 나오기 때문이다. 그러나 봄은 생명의 계절이고 겨울은 어둠으로 이미지가 포장된다.

홍선표의 시선은 원(遠)에서 근(近)으로 시선을 고정한다. 다시 말해서 '먼 산'의 진달래 등의 새싹이 안개 숲으로 푸름을 색칠하는 시선(視線)이 창문에의 가까움으로 다가들어 꽃들의 소곤거림으로 일상을 채우는 기법이다. 가령 〈봄비〉에서 시인은 비(물)에 의해서 비로소 '터지는 소리를 듣고 '기쁜 목마 타고/생명으로/ 두런두런의 소리에 일어남을 의식할 뿐만 아니라 미래를 낙관과 희망으로 채색하는 풍경화 '활짝 피울 날 생각하며'라는 준비의 길이 열리는 봄날의 화려함이 다가든다.

　　　햇살이
　　　내린다

　　　깊숙히 파고 드니
　　　잠자던 아지랑이
　　　기지개 켜고
　　　산그늘도 내려와
　　　하나가 된다

　　　목련아래
　　　봄소리
　　　흐르는

추억을 마시며
옛 친구의
편질 읽는다
　- 〈봄날의 꿈〉 전문

　비와 햇살이면 만물은 살아난다. 우주 어딘가에도 물과 햇살이
있으면 생명의 존재한다는 것은 진리이다. 때문에 봄은 이런 우주
의 순환원리에서 희극이자 탄생의 상징이 의상(衣裳)을 입는 길이
열리는 일은 시인에게 더없는 기쁨이자 보람을 찾는 상징이 된다.
왜냐하면 꿈을 만들고 꾸는 일이 시작되는 암시이기 때문이다. 예
를 들면 햇살이 봄을 두드리면 '잠자든 아지랑이가 일어나고 목련
이 표정을 만들 때면, 추억과 동시에 다정한 사람들의 체온이 그리
워지는 그리움도 아울러 키를 높이기 때문이다. 〈감자꽃〉, 〈그대 생
각 그리움〉, 〈그리움 깊을수록〉, 〈달 항아리〉, 〈그리운 얼굴〉과 그리
움을 방목하는 〈가을 캔버스〉, 〈빛바랜 사진첩〉과 봄소식에 묻어오
는 〈그리움 실어〉, 〈그림자〉 등 홍선표의 그리움과 비는 서로 상관
을 갖는 이미지의 보완장치이자 그의 성격을 나타내는 심적 그래프
라는 점에서 의미가 깊다.

4. 삶의 색깔, 그리고 친구

　삶에는 저마다의 길이 따로 있고 또 그런 길을 걸음으로 인해 자
기 특색을 나타내는 모양이 드러난다. 이를 개성이라는 말로 포장
할 수도 있고 삶의 특징이라 이름할 수도 있지만 결국 자기를 나타

내는 표정의 관리로 나타난다. 친구를 보면 그의 현재가 보이고 오가는 지적인 한마디에서 인격의 풍모가 보이는 것은 어쩔 수 없는 표정의 관리일 뿐이다. 설혹 포장하고 꾸민다 해도 자기를 나타내는 것이 시의 특성이기 때문이다. 보조관념이 나타나든 또는 원관념이 숨어버리든 결국 시는 포장의 예술・상징의 이름이기 때문에 위장(僞裝)하거나 꾸민다 해도 속껍질은 자기를 나타내는 온도계에 불과하다면 이제 그런 예를 시로 접한다.

사랑이 스쳐 지난
이 마음 텅 빈 자리

지나온 세월만큼
채우려고

찬서리 눈보라에도
횅한 눈 뜨네

컴컴한 깊은 터널
한 줄기 빛살처럼

죽어질 그 날까지
품고 품어 사오려

오늘도 피오는 꿈들
너울너울
  - 〈삶의 의미〉 전문

인간의 행동은 의미의 길을 만들어가는 점에서 행동 심리학이 파

생한다. 결국 무엇을 어떻게 적용하고 어떤 용도로 행동의 길이 만들어지는가에 따라 실용적인 발상의 이기심이나 아가페적인 삶의 태도가 나타난다. 시는 결국 아가페적인 손짓일 때, 감동의 누선(淚腺)을 자극할 수 있기 때문에 헌신과 희생의 삶을 지고성으로 치는 이유가 있게 된다.

홍선표는 지나온 것들에 갈증이 남아있는 것 같다. '텅빈 자리'가 지난 것에서 유발되는 원인이기 때문이다. 이를 채우기 위해 삶의 밭을 일구고 경작하는 연속성이 삶의 자리로 엮어진다. 어둠에서 빛을 찾는 추향(趨向)성의 길을 찾아나서는 의미는 '꿈'이라는 상징의 과일이 된다. 물론 그 꿈의 구체성은 알 길이 없고 또 알 필요도 없다. 꿈은 항상 오늘을 넘어 내일을 기대하는 마음의 여로(旅路)이기 때문이다.

하나 둘
사라지는 밤

'어떻게 사느냐'를 생각하며……

어둠속 작은 가슴에
불빛 머물게 하소서
길잡이 북극성
덤불에서 피어난 꽃처럼

'어떻게 살았느냐'를 돌아보는……
　- 〈기도〉에서

'어떻게'는 방법을 찾는 의미일 것이고 여기엔 현재와 과거의 의미가 포함된다. 어둠의 밤에 '어떻게 사느냐'의 현재시제가 앞에 있고 '어떻게 살았느냐'의 두 가지의 방법추구가 보인다. 물론 '어떻게 살 것인가'의 논리적인 구축은 보이지 않을 때, 꿈의 미래는 오늘에 묻혀 있는 인상을 주는 것도 사실이다. 결국 홍선표의 삶의 의미는 '길잡이 북극성/피어난 꽃처럼'에서 과거지향이 발목을 잡고 있는 느낌이 미래보다는 가치의 우선이 오늘에 있는 확신 같다.

친구와 우정은 오래 될수록 좋다는 불란서 속담이 모두에게도 적용된다. 변함이 없다는 것이 불변의 진리 앞에 숙연한 이유는 인간은 변화하는 동물이고 시시로 속이고 위장하는 일이 빈번함에서 오래된 의미는 진실과 확실함을 증명하는 일이 된다는 뜻이다. 대체로 3년 정도 그럭저럭 보내면 인간성은 드러난다. 이를 극복하는 일은 사람을 보는 눈 - 지적인 안목이 있을 때라야 해결의 실마리가 보인다. 공자는 학이(學而)편에서 '교언영색 선의인' (巧言令色, 鮮矣仁)이라 말했다 꾸미고 위장하는 일은 인이 아니라는 뜻이니 사람 보는 눈은 곧 우정으로 나타난다. 끼리끼리 모이는 일이 무리의 특색이기 때문이다.

가는 그곳
멀리 있기에

노을 머물다
땅거미 드리우면

못다 쓴 일기
사연 모아 채우고

아쉬움에
한 바퀴 데구르르

떠나자

눈동자 빛나
생명이 숨 쉬듯

언제처럼
발걸음 가벼이
뛰고 뛰고
또 뛰어
  - 〈친구여〉 전문

친구를 생각하는 마음이 밝고 환하다. 생명의 약동이 보이고 발걸음이 가벼운 이유는 좋은 친구를 생각하는 마음이 충만함을 의미한다. 때문에 '뛰고 뛰고/또 뛰어'를 반복하는 이유가 확연(確然)하다. 좋은 친구, 마음이 맞는 친구는 그렇다. 즐겁고 행복하고 만족함을 주는 이유는 모든 정감을 주고도 계산하지 않는 이유가 숨어 있기 때문이다. 이를 진정 친구라 말한다. 이익이나 계산으로 가까워지려는 사람이 흔한 풍토에서 시간이 지나면 우정의 깊이는 더욱 애절해진다. 병이 들어 떠난 친구 그리고 이미 사라진 우정 앞에 망연함을 느끼는 홍선표의 나이에서 따스함에 그리운 이유는 우정의 농도(濃度)와 함께 하는 것 같다.

사하라 외로운 낙타는
강을 건너 여행을 떠나고

더불어 보폭을 맞추는 친구

적막함이 실개천을 건너
추억을 회상하고
고요함은 촛불을 켠다

부석사* 저녁 무렵
눈물로 그린 수채화
그 속에
 - 〈이젠, 맥문동은 사람이 살고 있다〉에서

투병 중인 친구에게 라는 부제가 있는 시이다. 언젠가 떠나는 일이 인간사라해도 아픔과 이별은 슬프고 서러움이 드러난다. 텅 빈 허전이 방문하고 나를 돌아보는 일이 친구의 초췌한 자취에서 발견될 때, 허무의 두꺼운 옷이 펄렁이고 삶은 허망의 깊이가 보이지 않는다. '적막함'이나 '추억'들이 줄을 서서 다가드는 생각이 들 때, 가슴에 흐르는 강물은 인간의 비극적인 인식이 커지는 때이다. 홍선표는 우정의 깊이에 출렁이는 물살을 피할 수 없는 눈물 깊이 그것을 간직한 사람으로의 감수성이다.

5. 여성지향성

마음에도 길이 있다. 우락하고 남성적인 길이 보이는가 하면 섬세하고 여성적인 뉘앙스가 시로는 나타난다. 가장 남성적인 삶을 살았던 한용운은 시에 여성적인 길이 보이고 소월은 한(恨)스런 삶

의 길이 모성갈증의 길로 나타나는 예가 있는가하면, 유치환의 시
에는 남성적인 특성이 자리한다. 물론 이 둘의 갈림이 시의 특성에
아무런 흠결이 되는 것은 아니다. 홍선표는 여성지향적인 이미지가
두드러진다. 그 최초는 부모 중에 어머니에 대한 감수성이다.

어머니
미소의 향기
골짜기 흘러 내리고

숨가쁜 황혼
여울진 그리움에
갈 길 재촉하면

어머니

추억의 향기
가슴에 가득
가득 담겠어요
 - 〈어머니〉 전문

우주의 중심인 어머니는 인간만이 아니라 모든 생명체의 근원을
의미한다. 원형이자 근원을 지향하는 본능은 생명이 갖는 아늑함
혹은 부드러움 그리고 돌아가야 할 고향 같은 이미지에서 벗어나질
못하고 항상 회귀의 마음이 앞장선다. 어느 누구나 어머니 앞에서
는 약해지고 순한 사람이 되는 것은 모성이 갖는 본능에 회귀하려
는 원형이 있기 때문이다.
흙은 모성이다. 설사 더러운 것이나 추(醜)함 조차 모두 흡수하여

용해(溶解)하는 점에서는 어머니의 사랑에 대한 고귀성을 운위한다. 일본 속담에 "어머니는 나이가 들지 않는다"나 이슬람 고행승의 속담에도 "천국은 어머니의 발아래 있다"와 같이 천국의 이미지요 설사 자기 자식이 천형(天刑)의 죄인이라해도 가슴에 품는 것 같은 어머나 땅의 의미는 그만큼 헌신(獻身)에 대명사가 된다. 삶의 고비 혹은 생의 이랑마다 힘의 원천인 어머니의 체온을 간직하고 있다는 것만으로도 행운인 것이다. 사랑을 알고 사랑을 실천하는 묵언(默言)이 들어 있기 때문이다 '봉다리 봉다리 까만 봉다리'에 담긴 어머니의 정은 이순을 넘어 할아버지가 된 자식에게도 염려와 근심이 떠나질 않는 홍선표의 심성은 바로 어머니·여성지향적인 공간이 보인다.

인간은 영구 여성적인 공간으로 지향한다. 왜냐하면 여성은 부드럽고 따스함을 간직한 체온의 소유자이기 때문일 것이다. 설사 강철 같고 냉엄하기 얼음 같은 남성이 있더라도 결국 여성지향의 길은 항상 넓게 열려있기 마련이다. 홍선표의 아내에 대한 고마움을 아래처럼 고백한다.

돌아보니 어느덧 이순을 바라보는 나이. 참 빠르게 지났구나하고 옆을 보니 삼십오 년을 같이 살아온 여인이 있어 새삼스럽게 고마움을 느낀다 젊은 시절 어쩐 줄 모르게 지나버린 시간의 여인 자식들 키우며 고생도 잊은 채 주름만 늘어난 여인 이제는 늦었지만 여인의 귀밑머리 만져주며 살고 싶다

　- 〈세여인〉에서

떠난 사랑의 여인도 있고 추억으로 넘어야 보이는 여인도 있다. 그러나 마지막 곁에 숨소리 들리는 여인에게 느끼는 정회는 깊고 깊을 수밖에 없다. 왜냐하면 종착지에 이른 의미가 다가오기 때문이다. 애환의 강을 건너온 세월만큼 애틋해지는 마음에는 함께한 세월의 무늬가 곧 자기 자신의 이름으로 표백된다. 그만큼 의미의 층(層)이 높다는 상징으로 바라보는 눈자위의 표정이 남다르다는 해석도 가능한 일이다. 바로 아내에게 보내는 애틋함-홍선표의 마음이다.

6. 유리 상자 속에 자기 바라보기

시는 변명이 보이지 않고 오로지 은유와 직유 혹은 시적 장치 속에 모두 훤히 보이는 풍경화이다. 유리상자의 의미도 되고 직설적으로 만나는 솔직한 사람과의 대화도 될 수 있을 만큼 진지한 세계와 만나는 기회이다.

홍선표의 시에는 그의 심성이 투명하게 담겨 여성지향적인 여림이 두드러진다. 다시 말해서 단호하고 날카로움과는 거리가 멀리 있어 때로 흔들리는 뱃전의 멀미가 보이기도 한다. 그러나 부드럽고 여린 것이 잘못이 아니라 단호성과 매몰참이 없을 때, 그만큼 대가를 치루는 일이 빈번할 수 있는 생의 여정이 보이기도 한다. 그러나 유연한 가락은 맛깔스럽다.

우정의 깊이에 번민하고 아픔을 소화하기 위해 시의 수용에는 언제나 다감성의 미소가 있지만 그것을 진지하게 표현하는 데는 아쉬움이 남는 애절성이 있다. 이 또한 그의 삶을 담는 용기에서 느끼는 표정의 진지성에 이르는 인상이다.

  가장 많은 표현이 그리움이고 이 그리움을 소화하는 방법이 여러 비유를 동원하여 시화(詩化)하는 방법·봄, 여름, 가을 중에 가장 빈번함이 봄의 이미지로 옷을 입는다. 결국 봄과 그리움은 홍선표의 시를 이루는 에너지이면서 이로부터 모든 시적 구성이 성립되는 근거가 되어 미지의 세계로 이륙한다.**

병 중에 고칠 수 없는

　　병의 하나가

　문학이라는 병이다.

시가 다시
그에게
찾아왔다

김용택(섬진강 시인)

시가 다시 그에게 찾아왔다

김용택(섬진강 시인)

하얀 봉다리
까만 봉다리
주섬주섬 봉다리봉다리

"이 애미 사는 동안 아프지 말고 살어."
　- '어머니의 봉다리' 중에서

　홍선표 시를 선명하게 해 주는 이 '어머니의 봉다리'는 우리의 봉다리다. 70년대 이후 고향을 등지고 혈혈단신 고향을 떠나 올 때 우리들에게 들려준 어머니의 봉다리와 '이 애미 사는 동안 아프지 말고 살어.'라는 어머니의 말은 지금도 우리들 눈에 선명하고, 우리들 귓속 어딘가에서 쟁쟁하게 살아 울리고 있다.

　우리 모두 그렇게 고향을 떠났다. 동구의 느티나무, 앞 산 머리 참나무, 산 아래 가난하게 엎드린 작은 집, 여기 저기 산골에 박힌 작은 논과 밭들이 기약 없이 고향을 떠나가는 우리들을 지켜보았었다. 그리고 우린 살았다. 아니 살아냈다. 50여년 전이다. 시를 쓴다는 홍선표는 그렇게 가난한 산골 마을에 태어났다.

어렸을 때부터 그는 글을 잘 썼다. 어느 해에는 전국 글짓기 대회에 나갔다. 자장면을 처음 먹었다. 자장면을 처음 먹던 날을 그는 생생하게 내게 재현해 보였다. 전혀 색다른 이 자장면이라는 까만 음식을 어떻게 먹어야 할지 몰라 잔뜩 쫄아 있던 그의 모습은 나의 모습이었다. 그리고 그는 상을 탔다. 상장은 분실해서 지금은 가지고 있지 않지만 월탄 박종화라는 이름을 그는 또렷하게 기억하고 있었다. 월탄 박종화는 1964년 무렵에 한국문인협회 회장을 지냈다. 홍선표가 박종화 이름으로 된 상을 받았다면 아마 그 무렵이었을 것이고, 그 대회는 전국적인 글짓기 대회였음이 분명하다.

그는 작은 산골 마을의 영웅이 되었다. 상을 받은 날 학교에서 청소도 하지 않았다고 그는 내게 말했다.

그 후 그는 글짓기 대회마다 상을 휩쓸었다. 그 덕분으로 전주영생중학교 장학생이 되어 전주로 유학을 갔다. 가난하여 상고를 가고 싶었지만 다시 영생고등학교 장학생으로 들어가 학교 교지나 신문 편집 일을 도맡아 했다. 그 후 전주에서 살다가 다시 서울로 갔다. 서울에서 이제 이천으로 가서 도자기 판매에 매진하고 있다.

작은 산골 마을의 신동이었던 그의 인생역정을 간단하게 이야기했지만 우리 세대 모두가 겪어내야 했던 파란만장한 삶의 질곡들이 그의 얼굴에 녹아 있었다.

홍선표의 삶이 우리들의 삶이었다. 홍선표의 꿈이 우리들의 꿈이었다. 눈물과 피와 땀이 함께 엉킨 홍선표가 시를 들고나온 것은 그의 시적 성공여부를 떠나 눈물겨운 일이 아닐 수 없다.

그는 지금도 우리들의 영웅이다. 그 시대를 살아 온 우리들이 다 영웅이었으니까. 그의 인생역정은 장하고 장하다. 그가 우리니까. 그가 우리 모두이니까. 그 시대를 살아 온 우리 모두 영웅 이라고 나는 말하고 싶다.

우리가 이룬 이 땅의 기적 같은 역사는 우리같이 못난 시골 촌놈들의 역사다. 우리들은 분명 영웅인 것이다. 이제 늘그막에 그에게 시가 다시 찾아와 그가 다시 시를 쓰기 시작했단다.

병 중에 고칠 수 없는 병의 하나가 문학이라는 병이다. 한번 병이 들면 오랜 세월 잠복해 있다가도 언젠가는 또 도진다. 문학의 맛을 한번 본 사람들은 문학을 떠나 살아도 어딘가 한쪽 구석에 늘 허전한 모양이다. 사는 게 사는 게 아닌 모양이다.

나도 그렇다. 살다가 보면 잠시 글을 잊고 살다가도 시가 써지지 않으면 허전하다. 뭔가 빼먹고 사는 것 같다. 이게 병이 아니고 무엇인가.

홍선표도 그런 병이 든 사람이었던 모양이다. 나이 환갑에 시집을 낸다고 한다. 잊고 있던, 아니 먹고 살기 위해 잠시 마음 한쪽 구석에 보류해 두었던 시가 불쑥불쑥 솟구친 것이다.

그의 시들은 고향의 산천에 가 있다. 고향 산천의 논과 밭과 형제들과 어머니의 발밑에 닿아 있다. 떠돈 것 같지만 떠돌지 않았고 떠난 것 같지만 떠나지 않았다.

달빛
내린다
붉은 꽃
하얀 꽃

속마음
숨기고
아롱다롱

그리움만
주렁주렁
더욱
하얗다

그의 시 감자 꽃이다. 간단하고 간명하다. 군더더기가 없다. 그의 많은 시중에 나는 이 시가 좋다. 그의 시적인 감각이 어린 날에 가 닿아 있는 것처럼 보인다. 어린 날의 그 깨끗하고 아름다운 시심에 서 벗어나지 않았다는 것을 이 시는 보여준다. 그의 시적 뿌리는 감 자다. 그가 시인이라면 그의 모든 시는 여기서 시작되었고, 또 여기 로 도착할 것이다.

시 '감자 꽃'은 그가 아직도 시적인 순결함을 버리지 않고 그의 삶 깊숙이 간직하고 있다는 증거다. 그의 시심은 훼손되지 않았고, 때 묻지 않았고 지금도 생생하게 살아 있다는 것을 이 감자 꽃이 증명 한다.

산골 작은 마을 가난한 집 방 불빛아래 연필심에 침을 발라가며 시를 썼을 진지한 아동의 모습이 선명하게 떠오른다. 그 순수함, 그

순정은 사라지지 않는다. 대문지 않는다. 영원하다. 그게 시다. 다
음은 그의 시 중에서 '시'라는 시다.

　　　쓴다는 것
　　　섬광처럼 번뜩이는 찰나
　　　옮기려는 머릿속은
　　　칠흑 같은
　　　어둠

　　　마음속
　　　허기를 채우려는
　　　한 줄 두 줄
　　　아직 완성된
　　　한 편이 없어

　　　아침은 또 오건만
　　　산다는 건
　　　늘 그러하듯 어려운 일
　　　미완성이다
　　　시(詩)는

　이 시에는 그의 시적인 모든 정신이 담겨 있다. 시를 잊고 살았지
만 그의 삶 속 어딘가에 숨겨져 있는 섬광 같은 것이 잠들지 않고 때
로 그의 시심을 자극했을 것이다.

　그것은 그의 시골 마을 등잔불과도 같은 불빛일 것이다. 말하자
면 그의 마음속에 등잔불이 꺼지지 않고 있었다는 증거다. '칠흑',
'산다는 것', '섬광', '찰나' 같은 시어들은 그가 간직하고 있는 시적

인 정서의 꼭지 점에 가려져 있었던 것이다. 그것이 어느 날 툭 터져 그에게 연필을 잡게 했을 것이다.

나는 그의 '시 속에 숨겨져 있는 것들이 모두 분출되기를 바란다. 분출되어 그의 인생에 또 다른 길을 밝히는 빛이 되었으면 한다.

그의 시를 읽으면서 문학이, 시가, 삶이 무엇인가를 다시 한 번 생각하게 되었다. 꺼지지 않는 불빛 같은 것이 시다. 그의 삶에서, 그의 시에서 나는 가보지 않은 그의 마을과 그의 부모와 형제들과 그리고 마을 사람들과 학교와 선생님들의 냄새를 맡았다.

시란 이런 것이다. 지워지지 않은 냄새 같은 것이다. 지울 수 없는 고향의 지문 같은 것이다.

그의 앞날이 평탄하기를, 그의 시가 더 넓은 세상에 가서 닿기를, 그러기를 빈다. 그의 부모와 형제들에게 또 다른 희망이 되길 빈다. 그가 살던 고향 큰방 아랫목을 데우는 따뜻한 위안의 장작불이 되기를 바란다.

후기 _ 돌고 돌아 '첫눈' 내리는 날에

섬진강 상류, 지금은 옥정댐이 들어선 시랑골에서
일찍이 지게질을 하며 집안일을 도와야 했던 내가
중학교에 진학할 수 있는 유일한 희망은 글짓기 시험뿐이었다.
그때 문예장학생 글짓기 시험의 주제가 '첫눈'이었다.
구체적으로 무슨 내용을 어떻게 썼는지 모른다.
그저 어렴풋이 '첫눈과 바둑이' 이야기를 썼던 기억이 난다.
그 덕분에 나는 장학생으로 중학교에 진학할 수 있었다.

'첫눈'은 그때부터 내 삶의 든든한 기둥이 되었다.
그리고 어느덧 육십갑자 한 바퀴가 돌았다.
돌고 도는 동안 해마다 '첫눈'을 만나 왔고
그때마다 소중한 인연과 만남, 관계를 생각했다.
어느 사람, 무엇 하나 소중하지 않은 게 없다.
이제 먼 길 돌아 이렇게 '첫눈'이라는 기둥에
삶의 여정을 채색해서 조심스레 세상에 내놓는다.

그동안 기둥으로만 보듬었던 '첫눈'의 정서를
밖으로 꺼내 준 채수영 박사님께 감사드린다.
섬진강 정서로 따뜻하게 감싸주신 김용택 시인님
출판이안 이인환 대표에게 감사드린다.
모쪼록 많은 이들이 함께 소통하는 자리였으면 한다.

2015년 겨울 초입 이천에서
홍선표